_____ 님께

새해에는
좋은 일들이 더 많아지시기를,
즐겁고 행복한 시간들로 충만하시기를
기원합니다.

새해 福 많이 받으세요!

_____ 드림

하루에 한 줄
긍정 메시지

The miracle is not to fly in the air,

or to walk on the water,

but to walk on the earth.

하늘을 날거나 물 위를 걷는 것이
기적이 아니라,
우리가 땅을 딛고 걷는 것이 기적이다.
_중국 속담

어제와 별반 다를 게 없는,

내게 주어진 평범한 오늘 하루가

바로 기적이다.

지금 이 순간

당연한 듯 숨쉬고, 생각하고,

희로애락을 느낄 수 있다는 사실만으로도

더없는 축복인 것이다.

부처가 말씀하셨다.

"일어나면 항상 감사할지어다.

오늘 많은 것을 배우지 못했더라도 조금이라도 배웠을 것이고,

조금도 배우지 못했더라도 최소한 아픈 데는 없을 테고,

만약 아팠다면 최소한 죽지는 않았으니,

우리 모두 감사할지어다."

Why do you make efforts commonly,
don't want to live commonly!

당신은 왜 평범하게 노력하는가,
시시하게 살길 원치 않으면서!
_존 F. 케네디

물과 얼음의 결정은
그릇의 모양에 따라 달라진다.

인생도 크게 다르지 않다.
네모난 노력을 하면 네모난 인생,
세모난 노력을 하면 세모난 인생.

내가 행한 일과
내가 걸어온 길이 인생이 된다.

시시하게 살고 싶지 않다면
지금 시시하게 놀지 않으면 된다.

When I hear somebody sigh that life is hard,

I am always tempted to ask,

"Compared to what?"

누군가 사는 게 힘들다고 한숨을 내쉬면

나는 늘 이렇게 되묻고 싶어진다.

"무엇과 비교해서?"

_시드니 J. 해리스

아침에 눈을 뜨면

인사를 나눌 가족이 있고,

출근할 직장이 있고,

오늘 하루 내게 주어진 일이 있다는 것만으로도

충분히 행복하고 감사한 일이다.

이 평범한 일상을 즐기지 못하는 사람들이

얼마나 많은가?

잊지 마라.

나에게는 시시하고

특별할 게 없는 그저 그런 일상이

누군가에게는 간절한 소망일 수도 있음을…!

Courage is resistance to fear,

mastery of fear-not absence of fear.

용기란 두려움이 없는 것이 아니라
두려움에 맞서 저항하고 정복하는 것이다.
_마크 트웨인

에스키모로 불리는 이누이트 족.
그들이 서로 코를 부비며 나누는 인사말
'이요나무트!'

'두려운 현실에 굴하지 않고
앞으로 나아가는 용기'라는 뜻이다.

극한의 추위에 당당히 맞서 싸우면서도
거대한 대자연의 섭리에 순응하며 사는
지혜로운 이누이트 족.

우리도 그들처럼
오늘 하루
"이요나무트!"

Ever tried. Ever failed.

No matter.

Try again. Fail again Fail better.

시도했는가? 실패했는가?

괜찮다.

다시 시도하라. 다시 실패하라. 더 나은 실패를 하라.

_사뮈엘 베케트

12

길을 걷다 보면
돌부리에 걸려 넘어질 때도 있고
힘든 오르막길을 만날 때도 있다.
그래서 길이다.

넘어지는 것이 두려우면
한 발짝도 움직일 수 없다.

실패도 좌절도
길 위에서 만나고 지나치는
숱한 이정표 중의 하나일 뿐이다.

지금 넘어졌다면
제대로 잘 가고 있다는 징표다.

러시아 속담에 이런 말이 있다.
"불운을 두려워하면 행운을 알 수 없다."

13

The man who moves a mountain begins
by carrying away small stones.

산을 움직이려는 자는
작은 돌을 들어내는 일로 시작해야 한다.
_공자

14

'우공이산愚公移山'.
어리석은 사람이 산을 옮긴다는 말이다.

지나친 조급증과 얄팍한 계산으로
오히려 일을 그르치는 경우가 허다하다.

'천리 길도 한걸음부터'라고 했다.
더디고 힘들지라도 한걸음씩 내딛다보면
어느새 정상이 발아래에 있다.

'로마는 결코 하루아침에 이루어지지 않았다.'

A weed is no more than a flower in disguise.

잡초는 변장한 꽃일 뿐이다.

_제임스 로웰

세상에 꽃이 아닌 식물이 없고

잡초 아닌 꽃도 없다.

다만

꽃으로 보느냐, 잡초로 보느냐의 문제다.

잡초와 꽃의 차이는

그것을 가꾸느냐 방치하느냐의 차이다.

이름 모를 들풀도 가꾸면 꽃이 되고

장미도 방치하면 한낱 잡초로 전락하고 만다.

마음을 가꾸는 일도 다르지 않다.

매일매일 정성으로 가꾸면 아름다운 꽃밭이 되고

무심하게 방치하면 어느 순간 무성한 잡초 밭이 되고 만다.

Opportunity is missed by most people
because it is dressed in overalls and looks like work.

기회는 작업복을 걸치고 찾아온 일감처럼 보이는 탓에
대부분 사람들이 놓쳐 버린다.
_토마스 에디슨

'내가 그의 이름을 불러 주기 전에는
그는 다만 하나의 몸짓에 지나지 않았다.
내가 그의 이름을 불러주었을 때,
그는 나에게로 와서 꽃이 되었다.'

김춘수 시인의 시詩, 〈꽃〉의 일부이다.

어쩌면 '꽃'은 '기회'의 다른 이름이 아닐까?

내가 그의 존재를 알아챘을 때
비로소 그는 내게로 와서
'기회'라는 이름으로 눈부신 변신을 한다.

A goal without a plan is just a wish.

계획 없는 목표는 한낱 꿈에 불과하다.

_생텍쥐페리

앙꼬 없는 찐빵은 찐빵이 아니고
고무줄 없는 팬티는 천 쪼가리에 지나지 않는다.

구슬이 서 말이라도 꿰어야 보배라고 했다.

꿈이라는 내 인생의 보배는
구체적인 계획과 실행으로만 꿸 수 있다.

꿈과 망상의 차이는
디테일의 차이에 있다.

When ambition ends, happiness begins.

야망이 끝나는 곳에서 행복이 시작된다.

_ 헝가리 속담

염일방일拈一放一.

하나를 얻으려면 하나를 버려야 한다는 말이다.

우리는 매 순간 선택의 순간에 직면하지만

안타깝게도 두 가지를 다 취할 수 있는 경우는 흔하지 않다.

하나를 버리고

다른 하나를 선택해야만 하는 경우가 대부분이다.

야망을 버릴 것인가, 행복을 버릴 것인가.

야망을 취할 것인가, 행복을 취할 것인가.

선택도 책임도 내 몫이다.

Angels can fly because they take themselves lightly;
devils fall because of their gravity.

천사는 자기 무게를 가볍게 하기 때문에 날 수 있다.
악마는 제 무게에 못 이겨 추락한다.

_G.K.체스터턴

24

먼 길을 떠나려면 짐을 가볍게 꾸려야 하고
높은 산을 오를 때도 배낭의 무게를 줄여야 한다.
짐은 목적지에 도달하는 데 필요한 도구일 뿐이다.

오늘은 오늘 일만 걱정하라.
하루를 사는 데 백년의 무게를 짊어지고 갈 수는 없다.

생각이 많아지면 몸이 무거워지고
몸이 무거워지면 삶이 고달파진다.

때로는
가볍게, 단순하게 살아보자.

If only we'd stop trying to be happy,
we'd have a pretty good time.

행복해지려고 애쓰는 걸 멈출 수만 있다면
우리는 행복해질 것이다.
_ 에디스 와튼

행복,

그것은 애쓴다고 손에 잡히는 것이 아니다.

마음속에 있기 때문이다.

우린 오늘도

이미 내 마음속에 있는 것을

찾는답시고 애써 밖으로만 나돈다.

행운을 상징하는 네잎클로버.

그것을 찾기 위해 우리는 지금

수많은 '세잎클로버'를 짓밟고 있는지도 모른다.

행복이라는 이름의 '세잎클로버'를…!

A dream you dream alone is only a dream.

A dream you dream together is reality.

혼자 꾸는 꿈은 그저 꿈에 불과하지만
함께 꾸는 꿈은 현실이 된다.

_오노 요코

'빨리 가려면 혼자서 가고
멀리 가려면 함께 가라.'
인디언 속담이다.

혼자 꾸는 꿈은 망상이나 잠꼬대가 될 수 있지만
함께 꿈꾸는 것은 희망과 비전을 만드는 일이다.

혼자 하면 일이 되는 것도
함께하면 즐거운 놀이가 되기도 한다.

It is not the man who has too little,
but the man who craves more, that is poor.

가난한 사람은 가진 게 적은 사람이 아니라
더 많은 것을 탐내는 사람이다.
_세네카

물이 반쯤 담긴 같은 컵을 보면서도
어떤 이는 '이제 반밖에 안 남았다'고 하고
어떤 이는 '아직 반이나 남았다'고 한다.

지금 내가 가진 것을 보느냐,
내가 가질 수 없는 것을 보느냐에 따라서
부와 빈곤, 행복과 불행이 엇갈린다.

더 많은 것을 취하고 싶은 마음이 인지상정이지만
지금 내가 가진 것에 감사하지 못한다면
평생 가난하고 불행해지기 쉽다.

Rather be dead than cool.

열정 없이 사느니 차라리 죽는 게 낫다.

_커트 코베인

'연탄재 함부로 차지 마라.

너는 언제 한번이라도 뜨거운 사람이었느냐.'

안도현 시인의 시詩,

〈너에게 묻는다〉의 한 구절이다.

골목에 버려진 연탄재도

한때는 뜨겁게 온몸을 불사르던 시절이 있었다.

산다는 건,

한 번쯤은 무언가에 모든 것을 걸만큼

뜨거운 열정을 불사르는 일이 아닐까!

A meowing cat catches no mice.

우는 고양이는 쥐를 잡을 수 없다.

_유태인 속담

빈 수레가 요란하다고 했다.
백 마디 말보다
한 번의 실천이 더 중요하다.

말보다 행동으로 보여주자.

소리 없이 강한 것이
진짜 강한 것이다.

When you have faults, do not fear to abandon them.

허물이 있다면, 버리기를 두려워하지 말라.

_공자

허물이 있다면

억지로 덮으려 하지 말고

과감히 내다버려라.

버려야 새로운 것으로 채울 수 있다.

잘못을 인정하기란 쉽지 않다.

하지만

잘못을 덮고 앞으로 나아가기는 더 어려운 일이다.

낙엽이 떨어져야

봄날 새 순이 돋는다.

None are so old

as those who have outlived enthusiasm.

열정이 식었을 때 비로소 늙은 것이다.

_헨리 데이비드 소로

인생 최고의 보톡스는 열정이다.

나이 들어 손발이 떨려도
가슴을 뛰게 하는 무언가를 가졌다면
당신은 아직 청춘이다.

반대로
어떤 일에도 설레는 감정이 생기지 않고,
오늘이 어제 같고 내일도 오늘과 다르지 않다면
당신은 이미 늙어가고 있는 것이다.

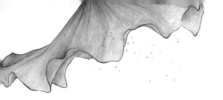

To follow, without halt, one aim:

There's the secret of success.

멈추지 말고 한 가지 목표에 매진하라.

그것이 성공 비결이다.

인디언 호피 족이 기우제를 지내면
100% 비가 내린다.
그 비결은 오직 하나,
비가 내릴 때까지 기우제를 멈추지 않는 것이다.

최고의 사냥꾼으로 불리는 멕시코의 타라후마라 부족.
그들의 사냥 비결 또한 간단하다.
한번 정한 사냥감은 잡힐 때까지
절대 포기하지 않고 추격하는 것이다.

멈추지 말고, 포기하지 말고,
끝까지 가보자.

Nothing is stronger than habit.

습관보다 강한 것은 없다.

_오비디우스

습관이 무서운 이유는

그것이 일상을 만들고 인생을 바꾸기 때문이다.

진실로 강한 것들은

긴 생명력을 가진 것들이다.

습관은 운명보다 강하고

마약보다 끊기 어려운 것이다.

애초에 잘 길들이지 않으면

일생 동안 애먹는 것이 바로 습관이다.

세 살 버릇 죽을 때까지 간다.

Kites rise highest against the wind-not with it.

연은 순풍이 아니라
역풍에 가장 높게 난다.

_윈스턴 처칠

비행기도 마찬가지다.

순풍이 아니라 역풍을 타고 이륙해야만

풍부해진 양력으로 중력을 박차고 날아오를 수 있다.

인생에도 역풍이 불 때가 있다.

하지만 역풍을 잘 이용하면

순풍보다 더 빠르게 더 높이 날아오를 수 있다.

위기危機라는 단어에는

위험危險과 기회機會라는 말이 모두 들어있다.

위험한 순간이 곧

기회의 순간이기도 한 것이다.

Never to suffer would

never to have been blessed.

시련이 없다는 것은
축복 받은 적이 없다는 것이다.

_에드거 앨런 포

땀 흘리지 않고 얻을 수 있는 것이 있을까?

아침의 축복은
밤이라는 시련을 겪은 후라야 얻을 수 있는 것이다.

시련이 클수록 축복 또한 크다.

하늘은 우리에게
감당할 수 있을 만큼의 시련을 안겨준다고 한다.

우리가 감내해야 하는 시련의 크기가
바로 우리에게 주어질 축복의 크기이다.

When you praise
someone you call yourself his equal.

다른 사람을 칭찬하라.
그러면 자신이 낮아지는 것이 아니라
오히려 상대방과 같은 위치가 된다.
_괴테

최고의 유머는 자신을 낮춰서 웃음을 안겨주는 것이고,
최악의 유머는 상대를 낮춰서 웃음을 유발하는 것이다.

내가 서 있는 곳,
내가 만나는 사람이
바로 내 자신을 만든다.

향 싼 종이에선 향내가 나고
생선을 싼 종이에선 비린내가 나는 것과 같은 이치다.

칭찬을 하는 사람의 입에서는
꽃이 피어나고 향기가 풍긴다.

I belive that one of life's a greatest risk
is never daring to risk.

약간의 위험도 감수하지 않으려는 것이
인생에서 가장 위험한 일이다.
_오프라 윈프리

위험한 장사가 많이 남는다고 했다.

잃는 것이 두렵다고
아무것도 기대하지 않고
아무것도 하지 않는다면

가장 크고 소중한 것을 잃게 된다.
그것은 시간이다.
시간은 언제까지 나를 기다려주지 않는다.

큰 것을 얻고 싶거든
목숨 빼고 다 걸어라.

Love like you've never been hurt.

사랑하라, 한 번도 상처받지 않은 것처럼!

_마크 트웨인

상처 없이 피는 꽃,
우리는 그것을 조화라 부른다.
조화에는 향기가 없다.
상처와 시련이 없으면
향기도 없다.

상처 없는 사랑도 없다.
사랑은 가시넝쿨 사이에 핀 장미와 같다.
가시가 무서우면 장미를 취할 수 없고,
장미에 꽂히면 가시는 보이지 않는다.

사랑하라.
상처를 치유하는 유일한 방법이
바로 사랑이다.

If I had my life to live again,

I'd make the same mistakes, only sooner.

만약 인생을 다시 살게 된다면
똑같은 실수를 저지르더라도
좀 더 일찍 저지를 것이다.

_탈룰라 뱅크헤드

인생 최대의 실수가 있다면
그것은 머뭇거림일 것이다.
이러지도 저러지도 못하고 망설이는 상황.

실수가 두려우면 앞으로 나아갈 수 없다.
그것이야말로 우리가
가장 두려워해야 할 일이다.

실수는 감기 같은 것이다.
겪은 후에 더 강한 면역력을 갖게 되는….

젊어 고생은 사서도 한다고 했다.
실수와 고생 없이 인생의 지혜를 얻을 수도 없다.

실수는 인생의 지혜를 얻을 수 있는
유료 쿠폰이다.

The fool wanders, a wise man travels.

바보는 방황하고
현명한 자는 여행을 한다.

_토머스 풀로

답이 보이지 않을 때는
한 발짝 물러나 보는 것도 좋은 방법이다.

안에서는 보이지 않던 것이
밖에서는 쉽게 보이는 경우가 많다.

여행은
나를 떠나서
새로운 시각으로 나를 바라보게 한다.

일단 떠나보면
새로운 세상이 열리고
새로운 시작이 가능해진다.

You can't shake hands with a clenched fist.

주먹을 쥐고 있으면 악수를 나눌 수 없다.

_인디라 간디

소통을 원하면
먼저 마음을 열어야 하고,
교감을 원하면
먼저 내 마음을 내보여야 한다.

붉끈 쥔 주먹, 팔짱을 낀 자세로
상대방이 다가와주기를 바랄 수는 없다.

내가 먼저 손을 내밀어야 한다.

정말 부끄러운 것은
알량한 자존심 때문에 먼저 다가가지 못하는
쪼잔한 내 모습을 스스로 확인하는 일이다.

Without haste,
but without rest.

서둘지 말고,
그러나 쉬지도 말고.
_괴테

강한 자가 살아남는 것이 아니라
마지막까지 살아남는 자가 강하다는 말도 있다.

약하다고 기죽을 것도 없고
가진 것이 없다고 조급해 할 것도 없다.

하나씩 하나씩 해나가고,
한 발짝 한 발짝 쉼 없이 가다보면
어느새 정상에 닿아 있는 자신을 발견하게 된다.

죽을힘을 다 해도 오를 수 없다면
그것은 십중팔구
선택이 잘못된 것이다.

"모든 일은 아주 작고 사소한 것에서 시작된다.
작은 일에 소홀한 사람은
반드시 큰 곤경에 빠진다."

_솔로몬

사소한 것에 목숨 걸지 말라지만
사소한 것을 우습게 보았다간 큰 코 다친다.

설마 하는 동안
호미로 막을 일이
포크레인으로도 감당하기 어려운 지경에 처하게 된다.

작은 일은 작은 일대로
큰일은 큰일대로 정성을 다해야 한다.

세상에 거저 얻을 수 있는 것은 없다.

하루에 한줄 긍정 메시지

엮은이 | 곽동언
펴낸이 | 우지형

인 쇄 | 하정문화사
재 본 | 동호문화
디자인 | Gem

펴낸곳 | 나무한그루
주 소 | 서울시 마포구 독막로 10, 성지빌딩 713호
전 화 | (02)333-9028 **팩스** | (02)333-9038
E-mail | namuhanguru@empal.com
출판등록 | 제313-2004-000156호

값 3,800원